敲打乐

余光中　著

上海三联书店

目 录

新版自序

　　《敲打乐》是缪思为我所生的第八胎诗集，里面的十九首诗全是我在一九六四至一九六六年间再度旅美时所写。两年之间，得诗十九，不能谓之丰收，不过比起我第三次旅美，也是两年却只得诗六首的产量来，情况仍然较佳。近日逝世的英国诗人拉金（Philip Larkin, 1922—1985），据说晚年平均每年只写两首诗。这么说来，我在《敲打乐》的时代也不算是怎么歉收了。其实这些作品的诞生，也都在短短的几个月内：例如前面的五首都写于一九六五年的四月与五月，而后面的十二首都写于一九六六年的春天与初夏。那两年我驶遍了美国北部各州，车尘从东岸一直扬到西岸，其间以住在盖提斯堡[1]的五个月，和住在卡拉马如[2]的十一个月，生活比较安定。所以这本诗集后面的十四首都成于卡拉马如；前面的五首则成于盖提斯堡。不过在那座俯视古战场的七瓴老屋顶楼，我还写过《九张床》《四月，在古战场》《黑灵魂》《塔》等四篇散文，因此盖提斯堡的那半年，缪思待我算是不薄的了。

远适异国，尤其是为了读书或教书而旅居美国，就算是待遇不薄，生活无忧，但在本质上始终却是一种"文化充军"。再加上政治上的冷落之感，浪子的心情就常在寂寞与激昂之间起伏徘徊。这里的十九首诗，记录的大致就是这样的情怀。其中也许还可以分成两类，一类比较偏于感性，例如《灰鸽子》《单人床》《雪橇》等作；另一类则兼带知性，如果读者不识其中思想及时代背景，就难充分投入，例如《犹力西士》《黑天使》《哀龙》《有一只死鸟》《敲打乐》等作。

在那两年里，第一年不仅去国，而且无家，那种绝对的孤独感，有时令人心如冰河，未必有益于缪思。《神经网》《火山带》《灰鸽子》《你仍在中国》等几首所写，就是这样的一个远客对家中爱妻的悬念。《火山带》的末段说到在灯光下面对圣人的经典，那是指作者当时教中国古典文学，夜间备课的心情。《灰鸽子》虽然写于卡拉马如，却是追忆作者在盖提斯堡时的感觉，故以废炮为背景，而与灰鸽形成对照。《你仍在中国》是写作者的妻女赴美探亲的手续未备，迄仍滞留在海关的另一边，致令作者苦待经年；末二行正是两地悬殊的地理与气候，而诗末所注日期，正是我们的结婚纪念日。

有些论者一直到现在还在说，我的诗风是循新古典主义，与现实脱节云云。什么才是现实呢？诗人必须写实吗？诗人处理的现实，就是记者报道的现实吗？这些都是尚待解答的问题。不错，我曾经提倡过所谓新古典主义，以为回归传统的一个途径，但是这并不意味我认为新古典主义是唯一的途径，更不能说我目前仍在追求这种诗风。看见一位诗人在作品里用典，或以古人古事入诗，就说他是逃避现实，遁于古代，未免是皮毛之见。问题不在有没有引经据典，而在是否用得恰当，有没有赋经典以新的意义。我以古人古事入诗，向来有一个原则，就是"古今对照或古今互证，求其立体，不是新其节奏，便是新其意象，不是异其语言，便是异其观点，总之，不甘落于平面，更不甘止于古典作品的白话版"。例如本集的《犹力西士》一首，用的虽然是奥德赛的故事，但正事反说，是古人咏史的翻案手法，"一个伤心的岛屿"说的正是六十年代当日的现实。恐怕只有粗心的读者才会以为这首诗是在写希腊。

《黑天使》写的是勇敢的先知，文化思想的真正斗士。那时年轻的作者壮怀激烈，充溢着那一代的"文星意识"，心目中也真有这么一位先知的形象。后来发现那形象只是一时的假象，乃决定只用黑天使这形象，不须附加任何副标题了。今日重读此诗，觉得"我是头颅悬价的刺客"那一段，豪气仍然可惊，换了现在，恐怕是写不出来的了。《哀龙》所哀者乃中国文化之老化，与当时极端保守人士之泥古、崇古。《有一只死鸟》的主题与《黑天使》相近，写的仍是一士谔谔的那份情操，其事放之四海而皆然，固不必囿于苏联，所以也把旧有的副标题拿掉了。

引起误解甚至曲解最多的，该是主题诗《敲

打乐》了。这首长诗自从十八年前发表以来，颇有一些只就字面读诗的人说它是在侮辱中国。这种浮面读者大概认为只有"山川壮丽，历史悠久"以及"伟大的祖国啊我爱你"一类的正面颂辞，才能表达对国家的关怀。这种浮词游语、陈腔滥调，真能保证作者的情操吗？在悲剧《李耳王》里，真正热爱父亲忠于父亲而在困境之中支持父亲的，反而是口头显得淡漠的幼女。中国人常说"孝顺"，其实顺者有时未必是大孝。爱的表示，有时是"我爱你"，有时是"我不知道"，有时却是"我恨你""我气你"。

在《敲打乐》一诗里，作者有感于异国的富强与民主，本国的贫弱与封闭，而在漫游的背景上发为忧国兼而自伤的狂吟，但是在基本的情操上，却完全和中国认同，合为一体，所以一切国难等于自身受难，一切国耻等于自身蒙羞。这一切，出发点当然还是爱国，而这基本的态度，在我许许多多的作品里，尤其是像《地图》和《蒲公英的岁月》一类的散文里，我曾经再三申述。《蒲公英的岁月》甚至以这样的句子作结：

　　　　他以中国的名字为荣。有一天，中国
　　　亦将以他的名字。

奇怪的是：仍然有一些论者竟然断章取义，随手
引述《敲打乐》诗中的句子，对作者的用意妄加
曲解。这首诗刊于六十年代中期，当时的言路不
像今日开放，所以有些地方显得有点隐晦，恐亦
易起误会。例如"菌子们围以石碑要考证些什么"
那一段，说的正是我们文化界的抱残守缺。又如
"整肃了屈原"一段，说的固然是"文革"前夕的
大陆，但是未必没有我们自己的联想：当时《文
星》月刊奉命停刊，该刊末期的言论我未必全然
赞同，但是这么一本原则上代表知识分子心声的
刊物，竟然不能再出下去，对我当日在异国的心
情仍是一大挫折。又例如下面这一段：

　　　　从威奇塔到柏克丽
　　　　降下艾略特
　　　升起惠特曼，九缪思，嫁给旧金山！

原是指六十年代中期，美国的江湖派诗人反对博学而主知的艾略特，宁可追随惠特曼自由奔放的诗风，而当时的青年文化也逐渐从东岸移向西岸，以旧金山为中心。惠特曼在《草叶集》里曾经豪情大发，叫缪思从希腊移民去新大陆，开拓新诗的天地。我说"九缪思，嫁给旧金山！"正是用惠特曼的口吻把此意向前更推一步。竟有一位哲学教授把这句诗解为作者有意奉献自己给旧金山，足以反证他根本没读过《草叶集》，不了解惠特曼。

我在写《敲打乐》时，还没有注意到美国的摇滚乐，诗以敲打为名，只是表现我当时激昂难平的心境。诗句长而标点少，有些地方字眼又一再重复，也是要加快诗的节奏；这样的紧迫感在我的诗里实在罕见。此诗曾经我自己英译，收在《满田的铁丝网》(*Acres of Barbed Wire*) 译诗集里。后来又经德国作家杜纳德 (Andreas Donath) 译成德文，收进一九七六年为纪念汉学家霍夫曼而出版的专书《中国的文化、政治与经济》(*China：Kultur，Politik und Wirtschaft-*

Festschrift für Alfred Hoffmann)。

《当我死时》这首诗曾经收入许多诗选；我在香港的时候，发现大陆也有好些刊物加以转载。香港作曲家曾叶发先生，早在一九七五年，曾将此诗谱成四部混声合唱曲，并在崇基学院亲自指挥演唱。

写于二十年前的这些诗，今日读来，仍能印证当日深心的感受。诗，应该是灵魂最真切的日记。有诗为证的生命，是值得纪念的。这些诗，上接《五陵少年》，下启《在冷战的年代》，通往我六十年代后期的某些诗境，形成了我中年诗生命的一个过渡时期。本集曾经收入《蓝星丛书》，初版于一九六九年，十七年来迄未再版，坊间也久已绝踪，所以得窥全豹的读者很少。现在幸得九歌出版社重新排印出版，再呈于读者之前，真可以说是为二十年前的我招魂来归了，一笑，一叹。

余光中

一九八六年元旦于高雄西子湾

编者注：

1. 盖提斯堡：即葛底斯堡（Gettysburg）。
2. 卡拉马如：即卡拉马祖（Kalamazoo）。

仙能渡

　　仙能渡山（Shenandoah Mountains），美国东部阿帕拉千山的一大支脉，屏障马利兰、弗吉尼亚、西弗吉尼亚三州之间。怪石横空，独岩当渡，多少印第安人的传说，附丽在翠微之际。要说上面不曾栖过仙踪，是不可信的。仙能渡，原是印第安酋长的姓名。

　　一石当空，挤扁三州的鸿蒙
　　风改道，浪改道
　　弗吉尼亚的鸟，诉苦
　　望不见马利兰的云

勃然拔起，森林的肃静
泰然压下，磐石的灵魂
郁郁磊磊，亿万兆吨的体重
从辟地称起，也称不清

蟠半空而下攫，蜿蜿龙脉
赫赫可数，断层上
剥落志留纪的筋骨
史前史的目录，任鸟读

唯早春攀石毛石须而上
早春，印第安的小公主
戴鹅黄的连翘，白的杜鹃
为虬然的山颜

山的颜面，时间的颜面
何仙人的颜面不见
车行鹿苑，车戏云间
仙能渡，春能渡，我亦能渡

——一九六五·四·十一·盖提斯堡

七层下

一时松风退涛，落日在内战以西
残雪兀自封锁着边界
秃柯瘦成听觉的神经
肃然的寒气中，灌木丛在倾听

日落时，坏脾气的乌鸦
在那边的桦树林中咒骂
骂米德将军断剑的雕像
百里内，惊动多少耳朵

怪石如颜，鬼面之后有鬼面
不久冷雾泛起，夜空下

露滴侵食铁炮的骨髓
锈青了的寂灭中，爬着绿霉

内战之后，血斑皆酣然
酣然，铜号，酣然，失蹄的嘶马
内战之后，一整幅战场
在静听一只迟归的鸦

天狼在雉堞的齿隙升起
累积的时间感，全部的重量
向肩胛骨最酸处压下
夜色泻下，沿着谁的冰颊

踏。　踏七层死去的秋
七层枯脆在履底悲泣
踏碎一些心形的图案
一些多情的执着，一些徒然

太上无情。　古战场的浪子啊
你没有什么往事，没有一星星

新大陆太新，没有你的往事

往事在落日以西，唉，以西

——四·廿四·盖提斯堡战场魔鬼穴

钟乳岩

史前的童贞夜咽下了我们
无首无尾的黑暗
生之前，死之后
冰涧漱着细细的地下水

扪到冥川上游
山的盲肠不通向何方
日月都留在洞外
谁的手中一支电筒

拨也拨不开的深邃
仿佛凝固的梦境

脚下是珊瑚丛
千盏琳琅是吊灯

石乳下降，石笋上升
盘古的白须缓缓地长着
千载一厘，万载一分
升降之间虚悬着永恒

向一只耳朵嘘气：永恒，永恒
谁能爱我三分
我便爱谁半寸，不腐的石椁中
你是钟，我是笋

百年前，南军在洞里藏金
向导说，更早更早以前
戴羽绘面的红酋长
在洞口熏炙鹿肉

岩石也有音乐啊，他说
且扬杖击石

向玲玲珑珑的雕塑敲起

石器时代的流行乐

——五·二·西弗吉尼亚·烟洞岩

洋苏木下

土拨鼠日后，有一种咬的欲望
牙痒痒的春天
不可禁止的春天如稚婴的乳齿
内战已停止，尔南军与北军
君不见，古战场
去年的鸟粪晒今年的太阳

青铜钟荡漾的尾韵里
走过林肯方场，走过
清癯的路德教堂
偶或止步在临街的花店
读一盆盆怯生生的谜样的紫

——无家信可读的日子

无风的下午，行人啊，你会见我
坐在华盖的洋苏木下
在众多陌生的鬼雄之间
不读书，不怀古
不背李贺的破锦囊
只为从容地想，徜徉地想

怔怔地想，红荫下，白石上
想属于自己的几番春天啊属于春天的
几番自己，有的可笑，有的
可爱而痴骏。 蒲公英
自在地流亡，小小的轮回是记忆
把生命叠来叠去

就这样输掉一个春天，在众碑之间
没有爱情，也不害胃病
无定向的蒲公英，无赖的云
不可挽回，也不能预测

在未来与过去之间
握一个空啤酒瓶

至于现在，行人啊，至于现在
现在梦幻而安全，中国甚远。　洋苏木下
阖眼梦，睁眼亦梦，一任
越南政变，三K党在南方杀人，战争
战争之后仍是战争是战争，最后
凯旋的只有春天啊这样子的春天

　　——五·十二·盖提斯堡

神经网

洋苏木炙红了谁的欲望？
航空信不到的下午
爬在春季被弃的一角
吐也吐不出一肚子
许多丝，许多丝
我是一只萎缩的老蜘蛛
匍匐在神经质的空渔网
等也等不到一片鳞，一片鳞
唇焦，眼涩，心痒痒
听潮起，潮落，疑真疑幻的音乐
传说有一尾滑手的雌人鱼
覆肩的长发上粘着海藻

在香料群岛间懒懒地仰泳
昂然的孪乳峙一对火山
时隐，时现，随细纹的波涟

——五·廿二·盖提斯堡

你仍在中国

等冷了密西根的碧澄澄，情人

你仍在中国，亦无秋季

雨中，亦无松果落地

的中国，铜驼，铁塔

皆已倒塌，皆已倒塌

的中国，你仍在中国，等冷

阿留申外的蓝沁沁，亿万兆吨

的阻阻绝绝，你仍在中国啊，仍在

天一方，在水一方，等冷了

向你呼啸的血，鼎沸的血

在心之红海澎湃的血，等热了，等冷了，等

等一个千年的新娘，来自东方

预言如雾，一尾很雌的人鱼

闪着无鳞的白晶晶，无碍的圆浑

在太平洋的青瞳中向我泳来

在水族迷路羽族难渡的公海

你向我泳来，栗发梳着台风

（因为这已是秋季，噫，秋季，秋季！

令人战栗的名字，当一切受伤之目

皆转向远方，一切飞的，爬的，行的

皆停下来休憩，准备躲藏

当阳光愈短，月光愈吐愈长

梦，在寒冽的月光中不断上升

这是航空信旅行的秋季

幻想远征，爱情远游，但是你啊

你仍在中国，在海关的那边

你的响午是我的聋夜

你的暖梦接不通我的冷魇）

——九·二·卡拉马如

火山带

在东方，在东方无月的夜里
迤迤逦逦，迢迢递递
当你卧下，当你的阴柔皑皑展开
便有一脉熟象牙的火山带
自千层劫灰中连绵升起，地底
渗着硫磺泉，空中弥漫
窒息的，原始林焚余的焦味

在东方，在东方秘密的夜里
当你卧下，你便是仰偃的观音
夜色如潮，冲激你弯弯的海岸线
一朵皎白在纯黑中绽放

山势起伏，劫灰在呼吸中飞扬

枕大慈大悲，一瞬的小寐

可偿千岁的无眠，当你仰偃入黑甜

时常，在虚幻的灯光下

越过公元前圣人的经典

玄之又玄，越过众妙之门

神通眼的灵魂，未灭的，一闪北辰

孤悬在海外，在冰山之顶

因瞥见幻景而得救

在西方，在西方陌生的夜里

——九·六·卡拉马如

灰鸽子

废炮怔怔地望着远方
灰鸽子在草地上散步
含含糊糊的一种
诉苦，嘀咕嘀咕嘀咕
一整个下午的念珠
数来数去没数清
海的那边一定
有一个人在念我
有一片唇在惦我
有一张嘴在呵我
呵痒下午的耳朵
下午敏感的耳朵

仰起，在玉蜀黍田里
盛好几英里的寂寞
向晚的日色，冰冰
弥漫珍珠色的云层
灰鸽子在废炮下散步
一种含含糊糊的诉苦
含含糊糊在延续

——一九六六·三·廿九·卡拉马如

单人床

月是盲人的一只眼睛

怒瞰着夜，透过蓬松的云

猎猎的风追过去

这黑穹！比绝望更远，比梦更高

要冻成爱斯基摩的冰屋

中国比太阳更陌生，更陌生，今夜

情人皆死，朋友皆绝交

没有谁记得谁的地址

寂寞是一张单人床

向夜的四垠无限地延伸

我睡在月之下，草之上，枕着空无，枕着

一种渺渺茫茫的悲辛，而风

依然在吹着，吹黑暗成冰

吹胃中的激昂成灰烬，于是

有畸形的鸦，一只丑于一只

自我的眼中，口中，幢幢然飞起

——三·卅一·卡拉马如

犹力西士

何需用蜡堵我的耳朵？
何需缚我的赤铜之躯
以湿重而黑的缆索？
只道是，女妖的歌声寻常又寻常
我的耳朵醉过
更迷人更令人迷路的谎言
飓风季，我的船首朝西
回伊色佳，回伊色佳去
——伊色佳，一个伤心的岛屿
（十年激战，十年流落在江湖）
好遥远的新娘，佩妮罗珮啊
不再动人，也不再年轻

永远织不完的一件新衣

　　日光下，织

　　烛光下，拆

永远织不完的一幅预言

虽然伊色佳不是希腊

不是从前的希腊，不是

完完整整的希腊真正的希腊

　　——四·廿七·卡拉马如

黑天使

黑天使从夜的脐孔里

　飞至，从月落乌啼

　的天空，当狼群咀嚼

落月，鼠群窸窸窣窣噬尽

满天的星屑，我就是

　不祥天使，迅疾

　扑至，一封死亡电报

猛然捶打你闭门不醒

的恶魔，我就是黑天使

　白天使中我已被

除籍，翻开任何
黑名单，赫然，你不会看不见

我的名字，叫黑天使，我就是
　　夜巡的黑鹰
　　最黑最暗的
夜里，我瞥见最善伪装的

罪恶，且在他头顶盘旋
　　等垂毙的前夕
　　作俯冲的一击
我就是黑天使，我永远

独羽逆航，在雨上，电上
　　向成人说童话
　　是白天使们
的职业，我是头颅悬价

的刺客，来自黑帷以外，来自
　　夜的盲哑的深处

来自黔黔的帝国

的墨墨京都，黑天使，我就是

——四·廿八·卡拉马如

自注：

写成后，才发现这首《黑天使》是首尾

相衔的连锁体，段与段间不可能读断。

Emily Dickinson 的 *I Like to See It Lap the Miles* 近于此体。

天栈上

第七次迷失于白茫茫
奋鬣张爪
阿帕拉阡欲腾云飞起
我们骑龙脊

终于捉不住落日
任那枚红丸
在蒙蒙昧昧的大气里
下坠，下坠

再回顾，已落向
指点以西，眼眸绝望

以西，向叠来叠去的千嶂万嶂

印第安的传说里

——五·二·弗吉尼亚 Skyline Drive

当我死时

当我死时，葬我，在长江与黄河
之间，枕我的头颅，白发盖着黑土
在中国，最美最母亲的国度
我便坦然睡去，睡整张大陆
听两侧，安魂曲起自长江，黄河
两管永生的音乐，滔滔，朝东
这是最纵容最宽阔的床
让一颗心满足地睡去，满足地想
从前，一个中国的青年曾经
在冰冻的密西根向西瞭望
想望透黑夜看中国的黎明
用十七年未餍中国的眼睛

饕餮地图，从西湖到太湖

到多鹧鸪的重庆，代替回乡

——二·廿四·卡拉马如

哀 龙

鳞族的老酋长死了。横渡旱海
目睹的驼商说：长髯委地
嵯峨的龙骨风化成苍白
的古玩，光洁而且顺手
北斗的微芒下，有人倚着
犹甚可骇的磊磊入梦
梦龙齿如剑，龙鳞如甲
掀腾中，海云回旋如旗
当黄沙在日光下吐舌喘气
迤迤逦逦，欲解的圣骸蒸起
一座蜃楼，在空中颤抖
无柱，无础，危险得多美丽

如果雨季是旱海的迷信

究竟，仙人掌向谁祈雨？

曾经是海的荒地上曝着

曾经是龙的一堆破碎

沙是时间，风是记忆

拾不起，一爪一鳞的史诗

即使把落日点成红灯笼

一堆白骨也舞不成龙灯

云，不在东方，赤地千里

龟裂的纹路排列着凶年

听无定河的波声无定地流着

生还的驼商们，说，如是

　　　——二·廿五·卡拉马如

在旋风里

大风雪起时，我独立，在密西根
开放的平原，须，眉，皆白
疯狂而且悲哀，当灰雾满天
江湖满地，透明的肋骨
结满透明的冰柱
仰脸一声喷嚏，狂飙从四面旋起
愤怒的灵魂便膨胀在风中
骄傲的灵魂沸红的血证明
依然，我住在这两百根骨骸
但我依然想不清楚，在旋风里
何以，我犹在此地，此地远见北斗
近眺不见中国，此地纯是虚空

恨我的诅咒，念我的低吟
都已沉没，在旋涡旋涡的风中
留我独立在此地，冰发，雪须
一个史前的原人，没有朋友
没有仇敌，希望，或回忆
伸出两臂，雪，落在掌上
落在唇上，一如落在北京人
的身上，那样的白，的冷

——三·六·卡拉马如

有一只死鸟

冬至以后，春分以前
那一种方言最安全？
如果你是一只鸣禽
美丽，而且有一身白羽
便可以将你剥制成标本
装饰那家博物馆，栩栩如生
拉丁文的学名下，注明
一种鸣禽，能歌，能高翔
罕见的品种，日趋灭亡
或者你可以按时唱歌
堂皇的客厅，栖你在壁上
制造顺耳的室内乐，可以乱真

钟叩七下，你就啭七声

随着钟面的短针，长针

或者你坚持在户外歌唱

在零下的冬季，当咳嗽

成为流行的语言，而且安全

你坚持一种醒耳的高音

向黑色的风和黑色的云

猎枪的射程内，你拒绝闭口

你不屑咳嗽，当冷飙

当冷飙射进你的热喉

杀一只鸣禽，杀不死春天

歌者死后，空中有间歇的回音

或者你坚持歌唱，面对着死亡

——四月·卡拉马如

雪　橇

究竟，是怎样蹿下这半哩坡的
我一直希罕到现在

那是一次非常过瘾的自杀
开始，是决心
是接受大雪地当面的一掴

万壑的白一齐扑打我眼睛
冰风狂锯呼啸的肋骨
忽然一切都散在半空
肝、胆、肺、腑，络绎在途中
我是一群狼狈的鸟

不记得是谁先到谷底了，总之
最后才发现
是心脏到得最迟
迟到那么一千分之一秒
比自己，自己的五官、四肢

自己的耳朵叫给自己听
咬痛的血尖叫的神经

——一九六七・二・十一・追记

后记：

滑雪橇（tobogganing）是寒带国家常有的
一种户外活动。此地所谓"雪橇"是一种
木制的扁平小船，可以容三四个人乘坐，
后坐者的脚挟在前坐者的腋下，从山顶滑
雪而下，或循水泥铺砌的狭道滑行，速度
可以到每小时六七十哩。那几秒钟的疯狂
是不难想见的，所以诗中有"非常过瘾的
自杀"一语。去年冬天，和咪咪、珊珊、

幼珊在密西根的"回声谷"（Echo Valley）驾过这样的雪橇。在没有雪的台湾，特别想念这样的日子。

布朗森公园

有那样一条船泊在西雅图

那样子的一个港浸在东方

有些鸽子在草地上散步

有些鸽子在钟楼上

叠句从有些榆树间滴落，滴落

有些榆树间什么也没有

俨然，有些云就要去南方

才走到水塔边就走不动了

另一些就憩在联邦旗的下面

大半个上午

越战在纽约时报第一版进行

有那样一条船泊在西雅图

船票在有一个人的袋里

时报读后，仍握在他手里

有一些声音在油墨的另一面啼哭

此地显得特别安静

一只啄木鸟啄空了大学城

白顶的蓝邮车过后

有些邮筒在榆树下午睡

不同的航空信在不同的风中

各人的等待在各人的眼中

正午从太阳墨镜上滑落

有那样一条船泊在西雅图

太平洋泡咸两岸的港

怀着满满一胎台风

有些鸽子在钟楼上赞美圣母

有些还在草地上

联邦旗降下了斜斜的七点半

有些黄昏早上了榆树

有些天色仍超然地蓝着

从不参加我们的辩论

永远弯着

那一弯蓝，从不低下来一寸

　　　——一九六六·六·卡拉马如

敲打乐

风信子和蒲公英

国殇日[1]后仍然不快乐

不快乐，不快乐，不快乐

仍然向生存进行

                  不公平的辩论[2]

输掉一个冬季

再输一个春天

也没有把握不把夏天也贴掉

荨麻疹[3]和花粉热[4]

                        啊嚏

喷嚏打完后仍然不快乐

而且注定要不快乐下去

除非有一种奇迹发生

中国啊中国

何时我们才停止争吵？

奇飏醍⁵，以及红茶囊

燕麦粥，以及草莓酱

以及三色冰淇淋意大利烙饼

钢铁是城水泥是路

七十哩高速后仍然不快乐

食罢一客冰凉的西餐

你是一枚不消化的李子

中国中国你是条辫子

商标一样你吊在背后

总是幻想远处

有一座骄傲的塔

总是幻想

至少有一座未倒下

至少五岳还顶住中国的天

梦魇因惊呼而惊醒

四周是一个更大的梦魇

总是幻想

第五街放风筝违不违警

立在帝国大厦顶层

该有一支箫，一支箫

诸如此类事情

总幻想春天来后可以卸掉雨衣

每死一次就蜕一层皮结果是更不快乐

理一次发剃一次胡子就照一次镜子

看悲哀的副产品又有一次丰收

理发店出来后仍然不快乐

中国中国你剪不断也剃不掉

你永远哽在这里你是不治的胃病

——卢沟桥那年曾幻想它已痊愈

中国中国你跟我开的玩笑不算小

你是一个问题，悬在中国通的雪茄烟雾里

他们说你已经丧失贞操服过量的安眠药说你
不名誉
被人遗弃被人出卖侮辱被人强奸轮奸轮奸
中国啊中国你逼我发狂

华盛顿纪念碑，以及林肯纪念堂
以及美丽的女神立在波上在纽约港
三十六柱在仰望中升起
拱举一种泱泱的自尊
皆白皆纯皆坚硬，每一方肃静的科罗拉多
一吋也不属于你，步下自由的台阶
白宫之后曼哈呑之后仍然不快乐
不是不肯快乐而是要快乐也快乐不起来
蒲公英和风信子
五月的风不为你温柔
大理石殿堂不为你坚硬
步下自由的台阶
你是犹太你是吉卜赛吉卜赛啊吉卜赛
没有水晶球也不能自卜命运

沙漠之后红海之后没有主宰的神

四巷坦坦，超级国道把五十州摊开

这是一九六六，另一种大陆

三千哩高速的晕眩，从海岸到海岸

参加柏油路的集体屠杀，无辜或有辜

踹踏雪的禁令冰的阴谋

闯复活节闯国殇日布下的罗网

方向盘是一种轮盘，旋转清醒的梦幻，向芝
加哥

看摩天楼丛拔起立体的现代压迫天使

每一扇窗都开向神话或保险公司

乳白色的道奇[6]

风的梳刷下柔驯如一匹雪豹

飞纵时喂他长长的风景

喂俄亥俄、印第安纳喂他艾文斯敦

这是中西部的大草原，草香没胫

南风漾起萋萋，波及好几州的牧歌

面包篮里午睡成千的小镇

尖着教堂，圆着水塔，红着的农庄外白着
栅栏

牛羊仍然在草叶集里享受着草叶

嚼苜蓿花和苹果落英和玉米仓后偶然的云

打一回盹想一些和越南无关的琐事

暗暗纳闷，胡蜂们一下午在忙些什么

花粉热在空中飘荡，比反舌鸟还要流行

半个美国躲在药瓶里打喷嚏

在中国（你问我阴历是几号

我怎么知道？）应该是清明过了在等端午

整肃了屈原，噫，三闾大夫，三闾大夫

我们有流放诗人的最早纪录

（我们的历史是世界最悠久的！）

早于雨果早于马耶可夫斯基及其他

荡荡的面包篮，喂饱大半个美国

这里行吟过惠特曼，桑德堡，马克·吐温

行吟过我，在不安的年代[7]

在艾略特垂死的荒原，呼吸着旱灾

老聃[8]死后

草重新青着青年的青青，从此地青到落矶山下

于是年轻的耳朵酩酊的耳朵都侧向西岸

敲打乐巴布·狄伦的旋律中侧向金斯堡[9]和费灵格蒂

   从威奇塔[10]到柏克丽[11]

   降下艾略特

升起惠特曼，九缪思，嫁给旧金山！

这样一种天气

就是这样的一种天气

吹什么风升什么样子的旗，气象台？

升自己的，还是众人一样的旗？

阿司匹灵之后

仍是咳嗽是咳嗽是解嘲的咳嗽

不讨论天气，背风坐着，各打各的喷嚏

用一条拉链把灵魂盖起

在中国，该是呼吸沉重的清明或者不清明

蜗迹磷磷

菌子们围着石碑要考证些什么

考证些什么

考证些什么

一些齐人在墓间乞食着剩肴

任雷殛任电鞭也鞭不出孤魂的一声啼喊

在黄梅雨，在黄梅雨的月份

中国中国你令我伤心

在林肯解放了的云下

惠特曼庆祝过的草上

坐下，面对鲜美的野餐

中国中国你哽在我喉间，难以下咽

东方式的悲观

怀疑自己是否年轻是否曾经年轻过

（从未年轻过便死去是可悲的）

国殇日后仍然不快乐

仍然不快乐啊颇不快乐极其不快乐不快乐

这样郁郁地孵下去

大概什么翅膀也孵不出来

中国中国你令我早衰

白昼之后仍然是黑夜

一种公式，一种狰狞的幽默

层层的忧愁压积成黑矿，坚而多角

无光的开采中，沉重地睡下

我遂内燃成一条活火山带

我是神经导电的大陆

饮尽黄河也不能解渴

扪着脉搏，证实有一颗心还没有死去

还呼吸，还呼吸雷雨的空气

我的血管是黄河的支流

中国是我我是中国

每一次国耻留一块掌印我的颜面无完肤

中国中国你是一场惭愧的病，缠绵三十八年[12]

该为你羞耻？自豪？我不能决定

我知道你仍是处女虽然你已被强奸过千次

中国中国你令我昏迷

何时

才停止无尽的争吵，我们

关于我的怯懦，你的贞操？

——六·二·卡拉马如

自注字句出处：

1. 国殇日：Memorial Day，五月三十日，即美国阵亡将士纪念日。

2. 不公平的辩论：*Unfair Arguments with Existence*，美国诗人费灵格蒂（Lawrence Ferlinghetti）戏剧集。

3. 荨麻疹：nettle rash（urticaria），即俗称风疹块。

4. 花粉热：hay fever。

5. 奇砚醍：chianti，本音该是"克伊昂提"。

6. 道奇：Dodge Dart 270，一九六五年产，为我吞噬了二万七千多英里，值得纪念。

7. 不安的年代：*Age of Anxiety*，奥登诗集。就我而言，该是一九五八年。

8. 老貌：Old Possum，艾略特绰号。

9. 金斯堡：Allen Ginsberg。

10. 威奇塔：Wichita, Kansas。

11. 柏克丽：Berkeley, California。

12. 缠绵三十八年：作者当时三十八岁。

附

录

夏菁赠诗一首

你走后·林中
——给光中

你走后，林中

有一些画眉

鸣向北美的天际，你的眉际

繁花的昨日，遥远的王子

盛夏的莲池如盛唐的历史

现在，对着落日的晚秋

　　啾啾

还有一些土拨鼠

在你影子的脚边

挖小小的陷阱

盼望一次有感的地震

一次廉价的革命

他们鼓起尖尖的嘴私语着

　　窃窃

而我——一个将要远行的

守林人。　看着这些

在幽邃的树梢，落叶的林间

怅然就如雾了，如悠悠虫鸣

当我走出夜深的林中

哦，东方有一颗天狼星

　　晶晶

作者英译二首

Shenandoah Mountains

Heaven-blocking Shenandoah elbows aside

The aquamarine arched over three states.

So complains many a Virginian bird

That cannot see Maryland clouds.

Up rises the pillared stillness of the woods

As down press the souls of the rocks,

Million-toned, ageless, and abstruse,

Whose architecture remains unweighed

Since the day when first they were made.

Twisting back to snatch from mid-air,

Writhingly, the dragon-textured rocks

We can clearly read. Down the broken cliffs

Run the sinews of Silurian Age, prehistoric

Records, open only to the birds.

Yet up climbs Spring, up rock-rooted beards,

Early Spring, a spoiled Indian princess,

That festoons the rugged mountain-face

With forsythias and azaleas.

Features of the mountains, features of Time.

Features of divines remain unseen.

Yet up I trace where deer crosses and cloud
    passes,

Where once climbed the divines and now
    climbs Spring

And up with Spring must I climb.

Seven Layers Beneath*

Now ebbs the wind among the pines, The sun sets

West of the Civil War.Only snow garrisons the frontier.

Thin are the bald branches, like starved nerves of the ear.

In the chilled hush the shrubs are listening.

At sunset, the ill-tempered crow in the birch trees

Begins to curse, in dissonant blasphemies,

General Sedgwick with the broken sword.

Startled and strained are the statued ears.

Featured are the rocks ; masks hide behind masks.

Soon will rise the cold fog, and under the

biotite sky.

Will nibble the dews the marrow of the guns

In the rusted silence where mildew creeps.

After the war asleep are the stains of blood.

Mute are the bugles, mute the neighing
    horses that shied.

After the war the vastness of a battlefield

Is listening to a lone, late crow.

Then rises Sirius from between teeth of
    battlements.

The weighty sense of Time cumulated falls

On my fatigued collar bone. Also falls

The night, slippery down my icy face.

Softly I tread. Softly, on seven layers of
    autumn dead,

Seven layers of leaves, crisp and sobbing
  beneath the shoes,

Till trod and broken lie all the heart-shaped
  designs,

All the insistences and futilities.

WISDOM SURVIVES PASSION. Ah, exile
  roaming the battlefield,

There is no past for you, no, not a bit.

New Continent is still too new, past there's
  none for you.

Your past is west of the sunset, west of it.

Devil's Den, Gettysburg

*I visited the United States for the first time
in 1958, when I studied creative writing
at the State University of Iowa.I went
there again in 1964 as a Fulbright Visiting
Lecturer at several colleges, among which

was Gettysburg Clolege, Gettysburg, Pennsylvania, near the famous Civil War battlefield of 1863.The poem is entitled "Seven Layers Beneath" because in my imagination the seven years that had intervened between my first and second visits to the U.S.had piled up under my feet seven layers of fallen leaves.

后　记

　　一九六四年九月到一九六六年七月，作者应美国国务院之邀，前往美国中西部及东部的几个大学，巡回讲授中国文学，为期两年。那两年，我的驿马星大动，就像《南太基》里所说的，"越过的州界多于跨过的门槛"。因此，写作的时间并不很多，况且，囊有余金，岛内的编辑们更是鞭长莫及。两年下来，我的总产量只有这里的十九首诗和《逍遥游》最后的五篇散文了。

　　那两年，是我一生中最潇洒的日子，《塔》中所谓"水仙的日子"。我教的课不多，社交的负荷亦少，信债不算严重，稿债几等于零。另一方面，噪音和空气污染的双重迫害既忽告解除，方向盘的缩地术又全在自己掌中，一张行车地图等于天方夜谭的魔毡，咄嗟之间，纽约在车首矗起海市，芝加哥在车尾隐去蜃楼。辛弃疾所谓"不负溪山债"，换了我的术语，便成了"不爽牧神的约会"。比起台北的日子，在学府与文坛之间反复煎熬，几乎忙成千手观音的情况来，那段水仙花的岁月真像一个延长的周末。因此每逢岛内的雨季，忙季，病季，或是其他的什么什么惨季，我自然就会遁入那段岁月的回忆里去。《仙能渡》《钟乳岩》《洋苏木下》《天栈上》《雪橇》等，都是那时候留下的仙黛瑞拉之履。

当然，那样子的风平浪静，只是浮面的幻觉罢了。寂寞原是一座水晶的牢狱，透明尽管透明，其为牢狱则一。空间上的阻隔，使我对自己的家园，增加了灵视的真切。我无法摆脱旅美中国人特有的那份失落感。寻寻觅觅，惶惶栖栖，那份失落感在我的心中，在从《七层下》到《布朗森公园》的一系列诗中翻翻滚滚，直到它在《敲打乐》中扬扬鼎沸起来，而我攫回了迷失的自己。《敲打乐》是一种自拯的企图，行将溃散的灵魂赖以保持完整；它和《洋苏木下》的麻痹，形成惊心的对照。那种高速而昂扬的节拍，以前从未出现在我的诗中，以后恐怕也不容易再出现了。它是高速公路上高速情绪的产品。

我是一九六四年九月十七日，也就是中秋的前夕，抵达西雅图的。海城一宿，悬在两个世界之间，飘摆多少乡思。第二天到芝加哥，重逢了五年不见的刘鎏和孙璐。那时他们正在西北大学物理系教书，遂接我去艾文斯敦，住在他们的寓所。第三天下午，乘"燕子航空公司"（Ozark）的小飞机，转去伊利诺州的皮奥瑞亚（Peoria），在所谓"亚洲教授计划"项下，开始在当地的布莱德里大学（Bradley University）教授中国文学。正是高高爽爽的秋天，十万人口的皮奥瑞亚既无小城的闭塞，也无大城的喧嚣，我班上的学生不到四十人，每周且只有三小时课，真称得上是逍遥游了。伊利诺州素以林肯之乡自豪，在居停主人杜伦牧师夫妇的导游下，我有缘瞻仰了当日林肯在新萨伦和州府春田的种种流风遗迹。那时的一些印象，在《落枫城》一文中有详尽的记述，不拟在此重叙了。那一段日子，对我照拂甚殷，必须在这里提出来致谢的，有刘崇本教授和张树培博士。

十一月初，天阴欲雪的季节，我在布莱德里大学的任务告一段落，刘鎏夫妇不远千里从艾文斯敦开车来接我去小住两天。八号下午，我又乘小燕子横越密西根湖，去密西根北部的小镇乐山（Mount Pleasant），开始我在中密西根大学（Central Michigan University）的教学生活。这是"亚洲教授计划"的下半部，我在那里开了两班中国文学，一班属大学部，一班属研究院，虽说比前一个学校课程多些，但仍不算繁重。我租了一间附带车棚的平房，生活寂寞，但平静而舒适。这时我有了两个重大的变化：其一是学会了自炊，其二是学会了开车。这两个变化使我的生活自给自足，且多少免于单调。烹调，是我努力追忆母亲生前在厨房里的音容和妻做菜时的某些动作，加上自己的"悟性"，慢慢揣摩出来的。后来技艺日进，我竟有足够的自信，请班上的美国弟子，去我的寓所领教中国的"吃的文化"。至于开车，则是在伊利诺州时就学的，每小时学费八元，一共才学了七个小时。到乐山后不久，我就买了一辆第二年（一九六五）的道奇Dart 270。有了车，坦坦的高速公路便向你开放，为你所有。有了车，你才算摸到了美国的脉搏，参加了美国的节奏。缩地既已有术，三位数英里的威胁便不算一回事了。后来我便两度南下，去西密西根大学和阿尔比恩学院（Albion College）演说，并数闯芝城。还记得第一次独自驾车穿越芝加哥时的紧张，兴奋，自豪，和孤注一掷的心境。那种亢奋之情，简直有济慈《初窥蔡译荷马》的味道。当晚，刘鎏、孙璐、於梨华等一大伙朋友在城北的艾文斯敦等我去晚餐，从七点等到九点，仍是没有人影。正是感恩节的假日，大家说："这家伙大概向火鸡看齐去了。"

后来我还是撞了一次车。不在危险的芝加哥，却在乐山。前面的车忽然减速，我刹车太慢，撞坏了它的尾部，自己也撞出了鼻血。交通警察给我的传票上写道："大白天，未能及时刹车。"

（failure to stop in time in broad daylight）结果
罚款二十元，扣去保险费一百元。当时我气馁得
几乎要把车卖掉，但征服美国公路的雄心支持着
我。后来我的行程从大西洋到太平洋，风中，雨
中，雪中，再没有出过车祸。

在乐山的两个半月中，待我最善者，应数中
密西根大学历史系副教授哈丝凯女士（Miss Jean
Haskett）和她的男友东尼（Bernard Toney）。
哈丝凯女士是兼有同情与豪情的罕有女性；
一九六四年夏天，她曾在美国在华教育基金会主
办的中国文化暑期研究班研究了两个月。当时我
曾在该班讲中国文学，和她颇为相得，因此，在
美国重聚时，更增亲切之感。此外，同校英文系
主任海卜勒（John Hepler）夫妇的友谊，也是令
人难忘的。

一九六五年一月二十三日，我学期结束，便
一人一车，浩荡东征，去宾夕法尼亚州南境的盖
提斯堡。离开乐山的那天，风雪大作，千里皑皑。
那样柔软而美丽的纯白幻境，在驾车人的眼中，
却是诡谲而恐怖的地狱。车行薄冰之上，随时有

滑逸（skid）的危险。所谓"滑逸"，是指行进中忽然轮止而车不止，方向盘对于前轮失去控制，整个车子向斜里急速滑行。有人把这种身不由己的情形譬喻成打喷嚏。当然那种感觉是亚热带的读者不能体会的。那天从乐山向南驶了不到三十哩，我的白色道奇忽然这样滑逸起来，先是向左，滑了三四十公尺，又骤然向右迅滑，等到我弄清楚是怎么一回事的时候，它已经滑离水泥路面，欹然倾侧在堤外的斜坡上，半陷在雪泥中了。无论如何，再也倒不出来。只好锁上车门，苦守在路边，终于拦到一辆过路的车，乘到前面十多哩路的镇上，叫来一辆巨型的拖车。风雪益剧，在四顾白茫茫的雪地里，很不容易辨认一辆小巧的白车。终于找到了。挡风玻璃几已全为雪封，雨刷子都看不见了。总算辘辘然咻咻然将小道奇倒拖上堤来；检视一遍，并无损伤，遂小心翼翼重新南行。语云："如履薄冰"，想不到这句话要到寒带的公路上才能体会。

当晚开到俄亥俄的莫迷（Maumee），才在一家汽车旅馆投宿。第二天清晨，上了宽阔平坦的四巷税道（toll road），冬阳在望，积雪渐稀，精神大为振奋，便放下心来，将时速针踩到七十。就这样切过了俄亥俄的大平原，中午在克利夫兰吃饭，并且饱览艺术馆中雷努瓦的少女、中世纪的武士厅，和罗丹的沉思者。黄昏时分，进入山势渐起的宾夕法尼亚。凄冷的细雨里，盘旋上坡，闯进匹茨堡，在铁桥、烟突，和漠无表情的建筑物构成的迷魂阵里，终于迷了路。等到在豪华·江生旅店安顿下来，已经是夜半了。

第三天继续东行，到了下午始驶离税道，循三十号公路，蜿蜿蜒蜒盘越积雪的塔斯卡罗拉山脉（Tuscarora Mountains），直到傍晚才落下平原。最后，在夕阳之中驶进古色斑斓的盖提斯堡。

一九六五年一月底到六月，我在盖提斯堡学院（Gettysburg College）足足教了一学期。这时"亚洲教授计划"结束，我开始在 John Hay Whitney Lectureship 名义下任客座教授，开了一班中国诗、一班中国文学史，每周授课九小时。这也许是我此行最值得纪念的半年。盖提斯堡本身是八千人的一个小镇，但是去华盛顿和巴铁摩尔只要两小时，离费城也不过三小时。镇的本身也饶有风趣：艾森豪的农庄、罗斯福的永恒和平之火、林肯演说的纪念碑、李将军的骑像，都是向导津津乐道的去处。当然，最大的背景还是那战场本身。

盖提斯堡（Gettysburg，国人一向误译为盖茨堡）是一七八〇年盖提斯（James Gettys）所建的镇市。一八六三年，内战方酣，南军统帅李将军挥兵北上，欲径取宾州首府哈里斯堡（Harrisburg），且据以威胁费城、华盛顿及巴铁摩尔。当时李将军估量决战必在盖提斯堡与哈里斯堡之间，所以等到两军相对准备战斗之时，说也奇怪，北军竟在盖提斯堡之南，而南军在盖提斯堡之西北。这时北军的主帅是米德将军（Major-General George Gordon Meade）。就在那一年七月一日至三日，米德麾下的八万四千北军和李将军率领的七万五千南军，就在盖提斯堡西郊一直苦战到南廓，双方死伤与失踪战士的总数是五万人，被屠的战马是五千匹。结果南军大败，李将军带领残部退入弗吉尼亚。次日,格兰特将军在维克斯堡又获大胜。南败北胜之局,从此形成。同年十一月十九日,国立公墓在此落成,林肯总统从华盛顿来此,发表他那篇有名的演说。

盖提斯堡之役,最动人的一战,是所谓皮凯特冲锋战(Pickett's Charge)。那是此役的第三日下午,为挽回战局的劣势,李将军以一百七十二门重炮连续轰击北军阵地两小时,然后众炮忽皆停歇,南军骁将皮凯特率领五千名弗吉尼亚子弟兵,在延伸一英里长的战线上,猛攻北军的正前方。可是北军的防守出乎意料的顽强。李将军这一失算,损兵将近三千,成为内战最英勇也是最悲壮的一幕。

我到盖提斯堡时,正是此役百年纪念的第二年。昔日的屠场已经成为今日的国家公园,每年吸引游人在百万以上。迤迤逦逦,排列在昔日阵线上的,是四百多门古炮,其间累累相叠如卵者,皆是废旧的炮弹。而或高或下或大或小散布在古战场上的,是参战各州的八百座纪念碑及塑像,和五座钢架的瞭望塔。初到该地,我曾发誓要做中国研究盖提斯堡之役的权威，但是读了不到一百个碑铭，就知难作罢了。盖提斯堡位处宾州南部苹果之乡，风物之美是有名的。到了春末夏初，苹果花、桃花、洋苏木、山茱萸更开得焚云蒸雾，烘成一幅童话的插图。课后我常常去古战场上，坐在众鬼魂之间，看书，构思，或者怔怔望呆。

以盖提斯堡为据点，我曾经四次去巴铁摩尔（其中一次是去高捷女子学院 [Goucher College] 演说并寻访诗人爱伦坡之墓），两次去卡莱尔（有一次是去狄金森学院 [Dickinson College] 参加但丁诞生七百周年纪念节并演说，但两次均在该学院历史系主任凯乐格 [Charles Kellogg] 都德式的雅舍中做客），两次去新布伦瑞克看我在勒格斯大学念研究院的师大毕业生郑芷英、陈汝徽、陈毓岩、蔡建英、朱蔼仪等；至于华盛顿，已经记不得去过多少次了。我去华盛顿，主要是去看台大外文系的老同学，在驻美大使馆任职的萧埕胜，和他的夫人也是我们同班同学的钱曼娜，以及师大同事林瑜铿教授。此外，住在华盛顿而来相访的，还有王文兴和访美路过的林海音。四月间放春假，曾应戴维斯与艾尔金斯学院（Davis & Elkins College）费普斯教授（Prof. William Phipps）夫妇之邀，开车去西弗吉尼亚州看他们。沿途景色的幽美，由于人烟稀少，而显得分外幻异。那是我一生最难忘的一次行车，我为它写下此次旅美的第一首诗《仙能渡》和第三首诗《钟乳岩》。

这卷诗集前面的五篇，都是盖提斯堡时期的产品。第三首《七层下》写好后，中国诗班上的文蕴和贾翠霞一直追问里面写的到底是什么，乃为她们匆匆口译了一遍。她们热烈的反应，促使我把它笔译出来。她们把英译拿去，发表在校报上，赢得甚多好评。《逍遥游》最后的四篇散文，也都是在盖提斯堡时的作品。

一九六五年六月，我在盖提斯堡学院的任务已经完毕，又接受布法罗纽约州立大学"亚洲教授计划"主任格伦博士（Dr.Burvil Glenn）的邀请，在七月间分别去纽约州立大学的四个分部

（Buffalo，Potsdam，Cortland，Brockport）各授一周的暑期课程。但在北上纽约州之前，为了一探《白鲸记》中的古捕鲸中心南太基（Nantucket）岛，特地跨越了五条州界，远征鳕岬，去无穷蓝的大西洋中，听海神的螺号角和鱼龙的悲吟。然后再横越新英格兰和纽约州，在美国国庆的前夕，冒着滂沱的大雨驶进布法罗城。布法罗城去美加边境的奈亚加拉大瀑布只有半小时的车程，课余当然免不了常去观赏。我在那里的讲课算是不错，事后格伦博士还特地写了一封信给师大的杜校长。那封信颇多溢美之辞，并在师大校刊一一三期上发表过。

第二周我北上波茨丹。该地镇小人稀，去加拿大不过四十哩，很有点边城的意味。夏志清先生撰写《中国现代小说史》的时候，也在那里的州立大学分校教过书。毕竟毗邻加拿大了，七月中旬的天气，仍是非常凉爽。车行林荫道上，但闻高树鸣禽，翠叶吟风，全无一点暑意。无意间遇见在此研究音乐的刘渝小姐，得以谈故乡事，互解乡愁。周末课毕，更北上加拿大，去蒙德娄

（Montreal）看老友蔡绍班。他和我先后在南京金陵大学与台大同学，这时在世界尽头重聚，完全是"他乡遇故知"的心情。现在闭起眼睛，仍清晰记得，怎样和他坐在麦吉尔大学后面的山顶，听他指点望中的蒙城和圣罗伦斯河上的大桥。

从加拿大驶回纽约州中部，正好赶上第三周在科特兰的课程。纽约州北部，所谓 upstate New York 者，是一个千湖之乡。其中向东南平行伸展的，有五六个狭长的湖泊，号称"五指湖"，风景均极秀美。上纽约的风景，真够得上一个"秀"字。除了湖光明媚之外，那一带的山皆呈波状，做缓缓的起伏，而且碧草细柔，绿树成荫，加上色彩鲜丽的华屋精舍，三三五五，掩映其间，真令人有尘外之想。科特兰就在卡尤佳湖（Lake Cayuga）附近，离开湖之南端康乃尔大学所在的伊色佳只有三十哩。附近的一些地名，像荷马、魏吉尔、朱艾敦、洛克、史各德、马拉松、埃特纳等等，皆充满古典的联想。我的接待人克拉克教授（Robert Clark）招待我无微不至，几乎无日不导我做湖山之游。因他的介绍，认识了彭明圣夫妇。一周过去，接受了明圣伉俪的邀请，去他们在西拉库斯（Syracuse）的寓所做了一夕之宾。

最后的一星期，我的任务在安大略湖边的布拉克波特。布市是一个小而又小的镇，离大湖只有十哩，且正在一条小运河的南岸。镇上只有一条大街，街上只有一家戏院，戏院一周只映一片。每日黄昏，我只能邀约自己的影子，去运河岸的榆树荫下，怔怔看当地人家的游艇及帆船驶回城来，一时河上的吊桥辘辘升起，两岸的车辆列队而待。我也等在桥头，只为吊桥放下后，去对岸买一客蛋卷冰激凌罢了。不然就开快车去安大略湖边，面对无情的烟水，看一艘乳白的海舟似梦似幻地出于蓝隐于蓝。那年七月，说有多寂寞就有多寂寞；有时我会对自己的道奇说话，在布法罗，有时一个晚上连看三场三流的电影，只为了回去时可以一睡就睡死。

终于到了七月底。如获大赦，那天下午我从布市启程西行，两小时后就过了大瀑布上的霓虹桥，进入加拿大境，疾驶在平直而宽的"女王大道"上。我最喜欢像加拿大这样的寒带国家，因为它开敞，干爽，人口少，湖泊多，森林挺直拔起，有一种肃然而高的尊严。在空旷的安大略省迎着西下的太阳开了一整个下午，最多只交了一二十辆车子。旋下车窗，外面的空气还透着一片凉意和草木的清香呢。当晚投宿在温莎（Windsor）。次晨在浓雾中越过边境，从底特律的湖底隧道里攀升上去，便是美国了。穿着联邦制服的海关人员对我说："欢迎回到美国来。"一时竟有温暖的回家之感，且想起岛内机场某些海关人员没有表情的面孔，中午到卡拉马如，算是结束了我一个月的江湖行。

卡拉马如在密西根州西南境，居芝加哥与底特律的中途，人口八万。这时我已接受了当地州立西密西根大学的聘书，来该校任英文系副教授。我在西密大教了一年，第一学期授中文、中国文学、中国哲学（不要追问我怎么教的），第二学期授中文和两班英诗，课程比前一年重得多。

回到密西根湖畔，我有机会再度常去芝加哥，享受刘鎏、孙璐、於梨华、孙至锐的好客友情。

可惜不久於梨华便随她家人迁去纽约的皇后区，直到一九六六年五月我携妻女去纽约，才再见面。九月间，远在科罗拉多的夏菁来密西根看我，相与盘桓了两天，并去密西根湖边一游，他才乘灰狗长途车别去。

再度在密西根安定下来，我的生活渐趋正常，又开始写起诗来。《你仍在中国》是回到密西根后的第一篇作品。到《敲打乐》为止，在卡拉马如一共写了十四首诗，但是散文却不曾再写一篇。一直到感恩节前夕咪咪和珊珊、幼珊去美国相聚为止，我的生活都在焦灼的期待中度过，沉闷而且单调，实在乏善可陈。值得一提的，是万圣节的假日，随我的美国学生劳悌芬去他家的农庄上住了三天，体会到中西部农家的田园生活。那一次奇妙的经验，供给了我日后写《望乡的牧神》的题材。后来劳悌芬果然去了越南，升到上尉，还由旧金山的军邮转来好几封信。另一位应该一叙的学生叫倪丹（Daniel Nye）。小小的个子，深褐的鬈发，鼻尖而挺，大眼睛滚来转去，一说话就笑，讲一件事情，总是"……and……

and⋯⋯"个不停。两个小女孩和咪咪都很喜欢他，每逢和咪咪出去赴宴，总打电话要他来看顾珊珊姊妹，做 babysitter，每小时五角。更熟一点的时候，他便把女友也带来玩。他的女友是一个娃娃脸的棕发少女，很例外的，笑得多，说得少，爱脸红，很有点东方女孩子的味道。第二年五月底，倪丹和她在卡拉马如西北百哩的莫斯开根（Muskegon）结婚，请我们全家去参加婚礼。当晚新人开一辆科维尔去一个隐秘的远方度蜜月，竟留我们在新房一宿。

十一月二十日，咪咪和两个女孩终于冲破了其坚无比的海关，飞去芝加哥。刘鎏陪我驶车去奥海尔国际机场接她们，第二天我才带她们回密西根去。从此我结束了十四个月的"单身汉"生涯，把厨房的一切移交给家庭主妇，开始吃高级得多的中国菜，而且生活得像一个爸爸兼丈夫了。浪游了一年多以后，有一个家是美好的。例如，一个人早晨去上课，可以不带钥匙，回"家"的时候，确知有一只小手会在里面为你开门。隔壁有一位姓江的教授，也是苦待太太和孩子从台湾去美相聚，曾经与我同病。现在我成了一家之主，同病变成同情，在感情生活上显然升了一级。

从此长途行车，我不再需要自言自语。我可以为三个女人滔滔不绝，指点沿途的红仓白栅，圆的水塔尖的教堂。我可以充她们的翻译和点菜的顾问。南密西根一带的好去处好风景，我们很少错过。附近的滑雪胜地"回声谷"、养鸟区"鸥湖"、密西根湖畔的行乐地"圣佐"、北方五十哩的工业城"大急滩"，和荷兰移民的"荷兰村"等，都是我们常游之地。荷兰村尤其饶有异国风味：五月来时，那里盛放的郁金香，荷兰风的木鞋舞，庞然的风车，和梵谷画中屡见的黄木吊桥，都令人不能忘怀。更远的行程带我们去底特律、乐山、印第安纳波里斯、爱奥华，和纽约。在印第安纳波里斯，我主持了李盈的婚礼，代替她在台未及赶去的父亲，将她嫁给（gave her away）研究中国文学的美籍王健先生（Jan Walls）。在爱奥华，会见了安格尔、华苓、黄用夫妇。在纽约，住在梨华家里，并见到方思。

至于不远千里，从各地去卡拉马如看我们的，则先后有皮奥瑞亚的故人张树培、明尼苏达的旧日女弟子黄仲蓉和不久即成为她丈夫的金石同、爱奥华的刘国松夫妇、叶珊，与后来成为叶珊太太也是我东海学生的陈少聪。爱奥华大学中文系主任梅贻宝去卡拉马如学院演说后，也去相访，并有意邀我回母校去教书，但我行期将临，只有辜负他的美意了。

同时，珊珊姊妹也进入当地的公立小学，交到许多新朋友，使得我们和一些小朋友的家长也颇有往还。开始的时候，为了每早送她们去上学，我不得不七点就起来，到门口去铲雪。有时积雪成冰，其坚如铁，铲雪人在零下的气温里也会流出一身汗来。后来找到其他学生家长合作，轮流接送，加以春来雪融，就轻松多了。咪咪也渐渐建立起她自己的社交圈子，开始体会到做一个美式主妇的滋味。在生活方式上，她一向是一个"西化论者"，所以对于这一切，从学习驾车到做果冻，都很感兴趣。

至于我自己，最大的兴趣是逛书店，把不切实用的闲书一包一包地买回来。所以到准备回台湾的时候，书灾就忽形严重了。我读了艾略特以后的一些新诗，尤其是所谓"敲打派"的作品，在节奏的处理上不能说没有受到他们的影响。金斯堡的许多观念我并不赞同，但是他和同辈作者那种反主知反艾略特与叶慈的粗犷风格，暗示了我一些自由的方向。同时，在苏俄知识分子之间以同情犹太人且攻击斯大林见称的年轻诗人叶夫屠盛科（Yevgeny Yevtushenko），他的自传，他的朴素有力的诗，都给我极大的鼓舞。我的结论是：艾略特和奥登一脉相传的嫡系现代派，固然是现代诗昨日的主流，但是在今日的现代诗中，主知并非唯一的大道，而那种曲折其意嗫嚅其言的迂回诗风，也不是年轻一代的心声，更不是中国新诗人的目标。这种信念，促使我回台湾后改变了诗风。

一九六六年七月二日，我在美国两年讲学的任期届满，遂整顿行李，带妻女驾车启程回台湾。我们从密西根一直开车到西岸的洛杉矶，途中越过印第安纳、伊利诺、爱奥华、内布拉斯卡、科罗拉多、犹他、内瓦达、加里福尼亚，全程约三千英里。我们在途中行行歇歇，一路探看朋友兼做告别，过有美景名胜，辄流连不去，所以一直到七月底才离开洛杉矶回台湾。在芝加哥，我们住在刘鎏那里，且看到七月四日美国国庆的游行。经过伊利诺时，在皮奥瑞亚又做了张树培的两天客人，相偕重访春田城的林肯墓地。在伊利诺西北方的小镇盖尔斯堡（Galesburg），我们看到诗人桑德堡的故宅，且翻阅了许多动人的资料和各国访客的签名簿。西行途中，在爱奥华城一宿，见到李铸晋教授、安格尔、华苓，和即将回香港的敬羲。又特地绕远路去艾姆斯，向黄用夫妇说再见。爱奥华的七月，闷热无风，暑气蒸腾，不下于台湾。内布拉斯卡也一样，熏风炎炎西来，我们顶风而驶，时速不上六十五哩。丹佛城号称一英里高城，但市中心仍燠热难当。我们做了施颖洲公子、约翰伉俪的客人，曾经偕游红岩剧场，并参观水牛比尔的坟墓。一上落矶大山，就把夏天留在平原上了：从北到南，纵贯科罗拉多的大陆分水岭上，尽是海拔一万四千呎的赫赫高峰，虽是仲夏七月，峰顶的积雪仍不融化，下车四眺，需要披上厚厚的毛衣。但是翻越了落矶山，那边就是犹他和内瓦达的不毛台地，千里黄沙，走了三天不见森林，不见牧神的绿旌绿帜。没有多久，我们的皮肤都已油光赤亮，与矗起在地平线上的红土岗子合为一色了。

到了犹他的西部，我们必须横越宽达四十哩的大盐湖沙漠。从犹他的诺尔斯镇（Knolls）到紧邻内瓦达边界的文多佛（Wendover），一望皆是晶盐铺成的白沙平原，寸草不生，众鸟寂寂，既无村落，更无加油站。所有车辆面临这片咸地狱，莫不于加水加油之外，更在车首挂一个水囊，以备急需。我倒也没有轻敌，一过诺尔斯，便加倍小心驾驶。那一片白花花的盐田引起我们摄影的兴趣，所以到了中途，我就把车停在堤上，熄了火，任右座的咪咪照了好几张相。可是等到再发动引擎，准备继续前进时，糟了，抛锚了！每次右脚离开油门去踩刹车，准备换挡时，火就突然熄去。如是惊惶地试了好几次，毫无改进，只好立在路边去拦别人的车。但平素乐于助人的美国佬，只顾急驶而去，唯恐救人不成，反而自陷绝境。终于一位好心的中年人停下车来，不顾他太太的阻挠，走过来看我们的道奇。他教我在换挡时不要放开油门，而以右脚踩住油门，左脚去踩刹车，再将联动机柄从 P 移到 D 的位置。果然有效。只是右脚不敢再离开油门，一直到文多佛的加油站才停下来，找技工修好。原因是汽化器中吸进了过多的尘垢。结果，把汽化器吸干净就好了，只花了几分钟。

终于进入加州。一接近太平洋岸，吹来的风顿觉凉爽。旧金山是咪咪和我最喜欢的美国城市。不太多也不太少的人口，三面临海有山有水的地形，斜坡上下曲折成趣的街道，西班牙风的建筑和地名，令人清醒的凉爽天气，渔人码头的海鲜和浪漫的港湾情调，温而不燠的阳光，红如血滴的玫瑰，这一切，加上古老的电车和缆车，使旧金山成为一个颇有欧洲风的迷人的海市。而我们，行将回台湾的海客，在三天的停留中，去了唐人街、金山大桥、电报山，且在渔人码头的海鲜馆中，坐在临海的巨幅玻璃窗里，饕餮海神鲜美的礼品。旧金山是西岸文采的圣地，也是敲打派诗人歌哭行吟的中心。临走那天下午，我特地去费灵格蒂主持的"城市之光"书店参观，并选购了一批新书。

在旧金山卖掉了追随我一年半的白色道奇，一时颇兴秦琼之悲，七岁的幼珊竟然大哭了一场。接着便租了一辆一九六六的福特 Galaxie 500，在暮色中驶出半岛，向南疾行。不久我们就可闻太平洋的鸥啼和潮声了。同样的蓝汪汪在那一面拍打花莲的峭壁，想到这里，近乡的情怯，加上即将告别这一片壮伟大陆的离绪，调成一腔亦怅怅亦怆怆逝者已矣来者茫茫的鸡尾酒。就在这样大清醒的醉中，我们驶进了蒙特瑞（Monterey）。

蒙特瑞是加州中部有名的休假胜地，不少艺术家和作家都来过这里。一八七九年年底，小说家史蒂文森曾在这里小住，为了这里的海和阳光有益于他的健康。诗人杰佛斯（Robinson Jeffers）生前的石屋"鹰塔"就在附近的卡美尔。这一带更是史坦贝克早期许多作品的背景。这种种联想，加上清新开胃的海风，使咪咪和我不忍早睡。等两个女孩睡后，我们便开车去海边的一家餐馆，吃意大利烘饼，喝啤酒，听墨西哥风的民谣。第二天上午，在顿寒的海风中，我们披上毛衣，去凭吊史蒂文森的古宅。那是一座双层的鸽灰色木屋，有扶手的木梯斜在屋外，院子里有一口井，廊下开得明艳照人的是绣球花、石竹、海棠，和一种紫蕊修长的不知名的异葩。人去楼空的老屋，和兀自喧闹的花木，形成一种无言的冷落。一颗嗜海的苏格兰的童心，曾在这座楼上眺海，听海，写海，而犹感不能尽兴不够过瘾，必欲远征南太平洋且卧在浩浩的星空下高高的萨摩亚的山上而后快。可惜不是木屋开放的日子，不能上楼去看个仔细。从那条小街转出来，我们还去当地有名的"十七哩海滩"，看千鸥和海豹栖息得密密麻麻的"鸟岩"，和被海风拧成鬼魅一般的松林。

当天下午，我们在太平洋千仞绝壁上的九曲盘道上弯来绕去，平均每一分钟转十个弯。穿过参天的巨红木森林区，我们在赫斯特堡（Hearst Castle）前的海岸停留了两小时，为了参观那座令人不能置信的华美巨厦，和占地数百亩的整洁庄园。是夕在圣他·巴巴拉休息，竟不知白先勇就在那里的加州分校教书。

一到南加州，气候就燠热起来。终于我们在四线竞驶的高速车道上，进入"烟雾"蒙蒙熏人流泪的洛杉矶。在洛城的一个礼拜里，我们住在加州工学院刘庆玺博士巴莎甸娜的公寓，充分享受了庆玺和他新娘孙文静（也是我政大西语系的高足）的慷慨。忙碌的庆玺，特别抽出空暇，为我们导游好莱坞、渔人埠、和华特·狄斯尼乐园。那乐园，全世界小朋友都梦想有一天能去一游该多好的理想国，使珊珊姊妹的新大陆之行在快要结束的前夕达到高潮。因为以后当然是低潮，因为繁重的功课、拥挤的教室、重负的书包、水壶、琴谱等等在祖国等待她们。七月二十七日黄昏，在长堤千樯林立的码头上，我一个人危立在系锚柱旁，目送她们母女在夕暮如幻的金辉中，随美丽的海健轮没入茫茫的公海。不久，她们便完完全全交给鸥，交给鲸，交给空空洞洞的经纬网了。码头上，一盏盏路灯在咸腥的夜色中浮现。我坐回车中，发动引擎，扭开暖气，冲着海港寒颤起雾的空气，以如欲抖落什么的超速驶回巴莎甸娜。而七百多个日子的记忆，与洛城之雾一起冉冉升起，升起，整个美利坚皆在柔白的纱里……

第二天中午，我的喷射机凌空跃起，现代的缩地术将二百万人的洛杉矶缩成一个多小巧的盆景，而在所有的云和云间所有的天使来得及掩耳让路之前，已经呼啸擦过一切风一切浪，把波上俯仰了一天一夜的咪咪、珊珊、幼珊遗落到背后去了。

一九六九年六月十日，珊珊十一岁的生日

图书在版编目（CIP）数据

敲打乐 / 余光中著. — 上海：上海三联书店，2019.3

ISBN 978-7-5426-6554-6

Ⅰ．①敲… Ⅱ．①余… Ⅲ．①诗集—中国—当代 Ⅳ．①I227

中国版本图书馆CIP数据核字(2018)第257525号

敲打乐

著　者 / 余光中

责任编辑 / 朱静蔚

特约编辑 / 李志卿　丁敏翔

装帧设计 / 微言视觉工坊 ｜ 阿　龙　苗庆东

监　制 / 姚　军

责任校对 / 朱　鑫

出版发行 / 上海三联书店

　　　　　　(200030) 上海市徐汇区漕溪北路331号中金国际广场A座6楼

邮购电话 / 021-22895540

印　刷 / 山东临沂新华印刷物流集团有限责任公司

版　次 / 2019年3月第1版

印　次 / 2019年3月第1次印刷

开　本 / 787×1092　1/32

字　数 / 49千字

印　张 / 3.5

书　号 / ISBN 978-7-5426-6554-6 / Ⅰ·1475

定　价 / 36.00元

敬启读者，如发现本书有印装质量问题，请与印刷厂联系0539-2925680。